AU ROI,

Préfentée par M. HAMELL, le jeune.

Rex erat .... nobis, quo juftior alter,
Nec pietate fuit, nec bello major & armis.
VIRG. ÆNEID. *Lib.* I.

A PARIS,

Chez DESSAIN *junior*, Libraire, Pavillon des
Quatre-Nations.

M. DCC. LXXIV.

ODE

PRÉSENTÉE

AU ROI.

ARRÊTE, Dieu terrible, il n'eſt pas temps encore
    D'arracher LOUIS à nos yeux,
Par des larmes de ſang, oui, le François t'implore,
    Garde ſon Roi du haut des Cieux.
Pour LOUIS ſois ſenſible au cri de la nature,
    C'eſt aſſez des maux qu'il endure.....
Suſpend.... mais il ſuccombe & cède au coup du ſort ;
    Son deuil couvre déjà la France,
Le peuple conſterné marche dans le ſilence,
    Sous les étendarts de la mort.

C'en eſt donc fait, LOUIS a fini ſa carrière:
    Mortel, contemple ce tableau,
La mort frappe un Monarque, il ferme la paupière,
    Et deſcend du trône au Tombeau.
Maintenant ſur ſon front l'éclat du Diadême
    N'offriroit qu'un affreux emblême,
Dont le premier aſpect fait reculer d'effroi.
    Pour tous, le même ſort s'apprête.
Si le JUSTE ne put en garantir ſa tête,
    Ambitieux tremble pour toi.

Tu recherches les biens & l'éclat de ce monde,
    Viens, je veux t'en montrer l'appas;
Avec moi, du tombeau perce la paix profonde,
    Tu les foules à chaque pas.
Le Prince, les ſujets dans ce commun aſyle,
    Ne ſont qu'une cendre inutile,
Qui des triſtes humains prouve l'égalité.
    Le néant eſt notre partage,
Nous naiſſons pour mourir, la vie eſt un paſſage
    Qui ſe perd dans l'éternité.

MORTEL, dans quelqu'état que t'ait mis la fortune,
    Apprends à méprifer fes traits ;
La grandeur trop fouvent rend la vie importune,
    Dans toi-même cherche la paix.
Rejette un préjugé que toi feul as fait naître ;
    Dieu t'aime, apprends à le connoître ;
C'eft dans l'égalité qu'il t'offre le bonheur :
    Il te laiffe encore la nature,
C'eft de tous les plaifirs la fource la plus pure,
    Elle doit fuffire à ton cœur.

VOIS ce Riche indigent, vil oppropre du monde,
    Altéré de la foif de l'or ;
Crois-tu qu'à fes defirs l'abondance réponde ?
    Non, il feche fur fon tréfor ;
Tel que l'ambitieux, efclave fous fa chaîne,
    Il fuit le penchant qui l'entraîne,
Tous deux d'un faux éclat fe laiffent éblouir ;
    Mais cherchant le bonheur fuprême,
L'un & l'autre, toujours mécontent de foi-même,
    Meurt enfin fans pouvoir jouir.

CES frivoles appas ne font rien pour le fage;
Au milieu même des grandeurs,
La paix qu'il fait goûter eft fon plus beau partage;
Il ne chérit point fes erreurs.
Soit qu'il monte ou qu'il baiffe, il eft toujours le même,
Et ne connoît de rang fuprême
Que dans le feul bonheur de faire des heureux.
Dans fon cœur eft fa récompenfe,
Sujet à la foibleffe, il connoît la clémence,
Eft-il mortel plus généreux?

FRANÇOIS, tel fut LOUIS : reconnois ton Monarque
Aux traits que je viens de tracer;
S'il tomba fous les coups de la fatale Parque,
De ton cœur doit-il s'effacer?
Dois-je te foupçonner de tant d'ingratitude?
T'aimer fut fon unique étude,
Souviens-toi de ce nom, LOUIS LE BIEN-AIMÉ,
Ce nom fi cher à la Patrie,
Peut-il jamais fortir de ton ame attendrie?
C'eft toi-même qui l'as nommé!

TEL qu'Augufte Céfar, fon courage héroïque
    Fut digne des plus grands Guerriers :
Il fut entretenir un Règne pacifique,
    A l'ombre des plus beaux Lauriers.
Fidèle à fes Traités, jettant un œil propice
    Sur les beaux Arts & la Juftice;
Guerriers & Citoyens, tout fentit fes bienfaits.
    Digne de porter la Couronne
Quel autre que LOUIS a fu mieux, fur le Trône,
    Gagner les cœurs de fes Sujets.

CET éclat faftueux, cette pompe inutile,
    Avec lui ne font difparus,
Que pour laiffer briller, dans un jour plus tranquile,
    L'éclat de fes rares vertus.
Jamais la Vérité n'obfcurcira fa gloire;
    Pour lui, dans les traits de l'Hiftoire,
A l'honneur de la France, elle élève fa voix:
    Sur fon front, Thémis & Bellone
Ont gravé, fous le Lys & leur double Couronne,
    LOUIS eft l'exemple des Rois.

FRANÇOIS, peut-tu blâmer l'encens que je lui donne?
   Il l'a si souvent mérité,
Qu'eût-il eu cent défauts, mon cœur les lui pardonne,
   En faveur de l'humanité.
Eh ! quel mortel, fût-il vertueux & sensible,
   Osera se dire infaillible,
Sans être devant Dieu plus vain, plus criminel ;
   Apprend donc que sans la foiblesse
Il n'est point de vertu ; la suprême sagesse
   N'appartient qu'à l'Être éternel.

POUR un Monarque instruit, qui veut régner en Sage,
   Quel fardeau que la Royauté !
Sans cesse sous ses pieds il voit former l'orage,
   Que calme son autorité.
Son Trône est un rocher qu'entoure un vaste abîme,
   Image sensible du crime,
Qui voudroit l'engloûtir sous mille flots divers.
   Leur rage, en vains efforts, s'épuise :
Un flot succède à l'autre ; il s'élève, se brise,
   Et va se perdre au sein des Mers.

Ce Ruſte eſt plus heureux, qui dans ſon humble aſyle,
Jouit, en un parfait repos,
Des dons que la Nature, & riante, & fertile,
Accorde à ſes heureux travaux.
Il n'entend point ſiffler les ſerpens de l'Envie,
Loin de la baſſe flatterie,
Qui trouble ſi ſouvent la paix des Souverains:
C'eſt à ſa ruſtique ignorance
Qu'il doit tout ſon bonheur, ou mieux ſon innocence;
Et ſes jours ſont toujours ſereins.

Mais qui des deux Rivaux mérite la Couronne,
Quoiqu'également vertueux?
La plus ſimple vertu s'ennoblit ſur le Trône;
Elle fait des Peuples d'heureux.
Tandis que, par beſoin, vertueux pour lui-même,
Le Ruſte tient du rang ſuprême,
Ce bonheur acheté, même au prix du repos.
C'eſt ainſi que dans la balance
Dieu pèſe les vertus & les dons qu'il diſpenſe,
Au poids des vrais biens & des maux.

Ainsi des Souverains, le plus parfait modèle,
    Louis, élancé vers les Cieux,
Va recevoir de Dieu la Couronne immortelle,
    Due à ſes travaux glorieux.
C'eſt de-là qu'il ſe voit regretter comme un Père;
    Qu'il entend ma Muſe ſincère;
Que de ſa Race il voit fleurir les rejettons.
    Il nous a laiſſé, dans AUGUSTE,
Un Monarque éclairé, Sévère, Aimable & Juſte:
    Digne en tout du ſang des BOURBONS.

O Prince, en pouſuivant votre carrière illuſtre,
    Mêlez vos pleurs à nos regrets:
Votre âge à vos vertus ajoûte un nouveau luſtre,
    Et fait l'eſpoir de vos ſujets:
Sur le Trône avec vous votre Epouſe chérie,
    Eſt une ſeconde *Egérie*,
Que conſulte *Numa*, pour nous donner des Loix.
    Regnez, Couple adorable & ſage,
De Notre Bien-Aimé, retracez-nous l'image:
    Elle eſt toujours chère au François.

Du plus haut de ta gloire, ô Dieu, taris nos larmes,
  Veille fur l'empire des Lys ;
Que ton cruel arrêt nous a caufé d'alarmes,
  En nous féparant de L O U I S !
Tu nous rends fon Egal. Inexorable Parque,
  Des ans d'un auffi bon Monarque
Ne viens point de fi-tôt interrompre le cours ;
  D'un objet cher à la Patrie,
Les jours fi précieux & fi dignes d'envie,
  Devroient-ils pas durer toujours ?

Lu & approuvé, à Paris, ce 18 Juin 1774. MARIN.

Vu l'Approbation, permis d'imprimer, ce 18 Juin 1774.
              DE SARTINE.

De l'Imprimerie de la Veuve H E R I S S A N T , Imprimeur du Cabinet du Roi.

www.ingramcontent.com/pod-product-compliance
Lightning Source LLC
Chambersburg PA
CBHW061517170626
46811CB00004B/1746